漂鳥集

泰戈爾 著
糜文開 譯

國家圖書館出版品預行編目資料

漂鳥集／泰戈爾著;糜文開譯.－－六版一刷.－－臺北市：三民，2017
面；　公分
ISBN 978-957-14-6307-0　(平裝)

867.51　　106009559

© 漂　鳥　集

著作人　泰戈爾
譯者　糜文開
發行人　劉振強
著作財產權人　三民書局股份有限公司
發行所　三民書局股份有限公司
地址　臺北市復興北路386號
電話　(02)25006600
郵撥帳號　0009998-5
門市部　(復北店) 臺北市復興北路386號
(重南店) 臺北市重慶南路一段61號
出版日期　初版一刷　1971年4月
六版一刷　2017年7月
編號　S 860090
行政院新聞局登記證局版臺業字第〇二〇〇號

ISBN　978-957-14-6307-0　(平裝)

http://www.sanmin.com.tw　三民網路書店

序

要了解一位大詩人的詩，須先了解他的生平及思想，詩哲泰戈爾的詩，雖然清新俊逸，但是你若不了解他奧妙哲學的全部，便不能有真切的了解，而且有好些詩你會完全不知所云。泰戈爾自獲得一九一三年的諾貝爾文學獎金以後，他的詩風靡全球，不到十年，也引起了中國新文壇的狂熱，尤其在一九二四年他來華的前後，有許多文藝工作者搶著譯他的書，許多書店搶著出版他的譯本。他的好多重要著作有了中譯本，而且同一著作有的有著幾個中譯本，真是盛極一時。但是因為是趕時髦搶譯，有的譯本，未免草率，以致錯誤百出。就是認真從事的，也因了解不足，還是譯得不妥貼，甚至到處出岔子。拿鄭振鐸所譯《飛鳥集》為例，他譯這集子時，已有人選譯過，他擬全譯，但化了許多時間全譯後因無把握，仍刪節為選譯本，刪去難譯的詩達六十八首之多。譯成後又由葉聖陶、徐玉諾二位仔細校讀過，而且他又給泰翁寫傳記，可謂對泰翁有專門研究的人了，但是他仍免不了草率，免不了誤解。Stray Birds 譯為飛鳥便不能妥貼，有好幾首誤解了原意，第六十八首 Wrong cannot afford defeat, but

Right can. 譯為「錯誤不會招失敗，但是真理卻會。」竟是原意的反面，真要使人吃驚。至於草率到 dusk 錯認為 dust，於二八一及三二四等首均把這字一再譯為「煙塵」，三二五首中的 Cling 誤認為 Climb 而譯為「爬」，三二四首中的 Tract 誤認為 Track 而譯為「轍跡」，二一八首的 Shadowy 認為 Shady 而譯為「蔭涼的」，不勝枚舉，真是太不負責任了。至於三十八首中的 limbs 譯為「唇」，一四四首中的 Sings 譯為「嘆」，或者是未照原文譯，或者是被手民所誤。

我在國內時，曾陸續看過好多泰翁作品的中譯本，及有關泰翁的理論及傳記，到印後六年間，又把他重要著作的英文本逐一閱讀，我雖有把奈都夫人的詩和迦里陀莎的劇本譯成中文的奢望，但從未想起要把泰翁的作品重譯，因為翻譯泰翁作品的有很多人是名家，是我向所信賴的。

新德里夏季的炎熱，頗不宜於文字的寫作，照例有錢的人都上山避暑去了，不去避暑的人也只上午做些事，下午便家家閉戶，行人絕跡，鬧市一變而為死市，若有人敢驅車出門巡禮一番，一定說這裡是一座鬼城，因為一切動物也都成蟄伏狀態，連一條狗一隻貓也看不到，飛鳥走獸，都已蟄伏在隱蔽的地方了。我雖從未避暑，但到新德里後，夏季也總看點閒書消遣。今夏寶琛兄看中了我桌上的 *Stray Birds*，讀得很有興趣，我便把鄭譯《飛鳥集》找給他，勸他試把鄭譯所缺六十八首譯出來，因為這六十八首大半是這書精彩的部分。寶琛兄要我幫著一同譯。我們把鄭譯與英文本對著，發現鄭書已譯的部分，錯誤很多，於是我決定在辦公之後以消閒的態度，參考鄭譯，把全書三二六首逐一譯出，我每天譯上二三首，或四五首，寶琛兄便幫我繕正，覺得這樣消夏，精神很愉快。英國詩人夏芝曾遇到一位印度醫生對他說：「我每天讀了泰戈爾的一句詩，世上的一切苦痛便立刻忘了。」我也真的把炎熱都忘了。

我對泰戈爾的哲學有相當的理解，懂得他對宇宙萬物的看法，懂得他「死是生命的一部分」的道理，懂得他「醜是不完全的美」、「惡是不完全的善」的意思，懂得「真相」、「假相」的分別，以及他對「上帝」的認識等等，所以譯起來並不覺得十分困難，興趣濃厚時，在盛暑中一天譯上十多首而不倦，因此不到兩個月，我便把全書譯完了。

泰翁這本詩集，可說是雋品中的雋品，很受中國讀者的歡迎，對中國文壇的影響很大，曾引起冰心女士等專寫小詩的風氣。但其中有好幾首，簡直不是詩，只是格言，前舉第六十八首便是一例，我們雖然都譯出了，但決不可當做詩讀。有幾首詩原文可以有兩種解釋而都合於泰翁的觀點的，我便採取與鄭譯不同的一種。

可是書名應該怎樣譯法呢？鄭譯「飛鳥」固不妥貼，一般譯作「迷鳥」更不適切，如譯「偶來的鳥」又嫌用字太拙，我擬譯為「漂鳥」，但不知是否貼切，我便設法找孟加拉文原作來研究，但他孟加拉文著作的書目中，沒有相當這本詩的書名，特地向幾位印度學者請教，他們也回答不出來，我看到他第二首詩便是嚮往於漂泊者的話，更想到古代印度學者修道的四階段，最後是雲遊期，尚在林棲期之後，而印度兩大史詩至今尚有流浪詩人挨戶來歌唱。可知印人對雲遊的重視，對漂泊者的尊敬了。這書第一首以漂鳥象徵經過森林裡修道後的雲遊者確甚適切，再經查動物學書，知唱歌的鶯類，便是漂鳥之一種，與詩句完全符合，於是決定譯作「漂鳥」。我把我這個意見告訴印度朋友，也獲得好些人的讚許。

鄭振鐸等在二十多年前已給我們做了不少開路的工作，縱有誤譯，也應原諒，像大詩人泰戈爾的作品，有很多中譯本已絕版了，而且到今朝也應該是重新把它們有系統地精譯出版的時期了。但在今日的出版條件中，頗覺困難，我譯這本書，也只是為了消夏，並不是為了應市。現在只記下我翻譯的經過，留作紀念，將來有興致時，不妨再拿出來讀讀，修改幾首，潤飾幾字，以求格外完美，以後如有閒暇，或者也將再譯幾本，自然有出版的機會，也不妨就印它出來，至於對絕版書的補救，我想可以精選泰戈爾的代表作，包括詩歌、戲劇與小說，出一本集子，以饗讀者。可能時我當盡力試他一下。

文開　民國三十七年八月十日於新德里

1

夏天的漂鳥，到我窗前來唱歌，又飛去了。
秋天的黃葉，沒有歌唱，只嘆息一聲，飄落在那裡。

2

世界上渺小的漂泊者之群啊，留下你們的足印在我的字句裡吧。

3

世界在愛人面前把他龐大的面具卸下。
他變成渺小得像一支歌，像一個永恆的接吻。

4

這是大地的淚水保持著她的微笑盛放。

5

廣大的沙漠為著搖搖頭笑笑就飛逃的一葉青草而燃燒著愛情之火。

6

假使當你渴念著太陽而流淚，那末你也在渴念著星星啊。

7

跳舞著的水啊，在你途中的砂粒乞求你的唱歌和流動。你願擔起他們跛者的負荷嗎？

8

她的渴望的臉像夜雨般纏繞住我的清夢。

9

從前我們曾夢見我們都是陌路人。
當我們醒來時卻發見我們互相親愛著。

10

正像「黃昏」在靜寂的林中，「憂愁」在我的心裡
已平靜下去。

11

有些看不見的手指，像閒逸的微風，在我心上奏著漪波的音樂。

12

「海喲，你講的什麼話？」
「是永遠疑問的話。」
「天喲，什麼是你回答的話？」
「是永遠的沉默。」

13

我的心，請靜聽世界的低語，那是他在對你談愛啊。

14

造化的奧祕有如夜的黝黑——這是偉大的。智識的迷惘只是清晨的霧。

15

不要把你的愛置於絕壁之上，因為那是很高的。

16

今晨我坐在我的窗口，世界像一個過路人在那裡停留片刻，向我點點頭又走開了。

17

這些小小的思想是那沙沙的樹葉聲；它們有它們愉悅的低語在我的心裡。

18

你是什麼，你看不見，你所看見的只是你的影子。

19

我的願望都是愚蠢的，他們呼喊得掩蓋了你的歌聲，我主。

讓我只靜聽著吧。

20

我不能挑選最好的。

是最好的挑選我。

21

那些把燈籠揹在後面的人，將他們的影子投在他們的前面。

22

我的存在是一個永恆的奇異，那就是生命。

23

「我們樹葉子有沙沙的聲音去回答風雨，可是你是誰啊，這樣的沉默？」

「我只是一朵花。」

24

休息之屬於勞動，正如眼瞼之屬於眼睛。

25

人是一個才出生的嬰孩，他的力量就是生長的力量。

26

上帝期待著得到回答是為了他送給我們的鮮花，並不是為了太陽或土地。

27

遊戲著的光正像一個赤裸的小孩，歡樂地在綠葉叢中，他是不曉得大人會說謊的。

28

啊，美啊，你要從愛之中去發見你自己，不要向你那鏡子的阿諛中去追求。

29

我的心衝激著她的波浪在世界的岸邊上，在那上面用淚水寫上她的簽名：「我愛你。」

30

「月亮你在等著什麼呢？」
「要向我必須為他讓路的太陽致敬。」

31
樹木像是沉默的大地的渴望之音來到我的窗前。

32
對於上帝，他自己所造的每一個清晨都是一種新的奇蹟。

33
生命因世界的需要而發見它的財富，因愛的需要而發見它的價值。

34

乾涸的河床覺得毋須感謝它的過去。

35

鳥兒希望它是一朵雲。
雲兒希望它是一隻鳥。

36

瀑布唱道：「我得到自由時我便唱出歌來了。」

37

我不能夠說出為什麼這顆心默然憔悴。是為了那些他永不請求，永不認識，永不記著的小小需要而憔悴。

38

女人，當你走動著料理家事時你的手腳都在唱歌，像一條山溪在卵石中歌唱一般。

39

太陽橫跨西海走去，留著他向東方的最後問候。

40

不要因你無食慾而譴責你的食物。

41

樹木像是渴慕的大地翹盼著天堂。

42

你微笑著而不對我說什麼，我覺得這就是我已經久候的。

43

水裡的魚是靜寂的，陸上的獸是喧擾的，空中的鳥是唱著的。
但是人卻具有了海水的靜寂，陸地的喧擾，和天空的音樂。

44

世界衝越過纏綿的心絃彈奏著憂鬱的音樂。

45

他把他的武器當做他的上帝。
他本身是失敗了，當他武器勝利的時候。

46

從創造中上帝發見他自己。

47

陰影戴著面幕，祕密地，溫順地，躡著她靜寂的愛之步，隨從在光的後面。

48

星星不因僅似螢火而怯於出現。

49

我感謝你，我不是一個權力的車輪，但我卻是被這車輪所輾壓的活的生物之一。

50

這顆銳而不寬的心，觸到每一個地方，但並未移動。

51

你的偶像被粉碎在塵埃中，這證明上帝的塵埃比你的偶像偉大。

52

人沒有把他自己顯示到他的歷史中，他只在掙扎著通過他的歷史。

53

玻璃燈斥責瓦燈稱他做表兄，但當月亮上升，那玻璃燈卻溫和地微笑著招呼她：「我親愛的，親愛的姐姐。」

54

似海鷗與波浪的會合，我們相會，我們親近。似海鷗的飛去，波浪的盪開，我們分離。

55

做完了我白天的工作，我便像一隻拖放在岸灘上的小船似地，靜聽著晚潮跳舞的音樂。

56

生命授與我們，但我們須付出生命才能得到生命。

57

當我們十二分謙遜之時，便是我們最接近偉大之時。

58

麻雀因孔雀拖著重累的尾巴而替牠可憐。

59

永勿懼怕那瞬息——這就是永久唱出的歌聲。

60

颶風於無路處尋覓著最短的途徑，又突然在「烏有鄉」停止了他的尋覓。

61

朋友，請就在我的杯中飲了我的酒吧。
當它傾入別的杯裡，它的泡沫圈兒便消失了。

62

「完善」因「缺陷」的愛，把她自己裝飾得美麗。

63

上帝對人說：「我醫治你所以我要損傷你，我愛你所以我要處罰你。」

64

感謝火焰的光，但不要忘記那沉著而堅毅地站在黑影中的燈臺啊！

65

小小的青草，你的步子是小的，但你占有了你踏過的土地。

66

嬌嫩的花張開了她的花蕾喊著：「親愛的世界啊，請勿凋謝。」

67

上帝對強大的王國生厭，卻永不厭惡於小小的花朵。

68

邪惡經不起敗創，正義卻可以。

69

「我很高興奉獻了所有的水，」瀑布歌唱：「雖然少許水已足供人止渴。」

70

何處是那狂歡地不停噴發著拋送起這些花朵的源泉呀？

71

樵夫的斧頭向樹求取牠的斧柄。樹給了他。

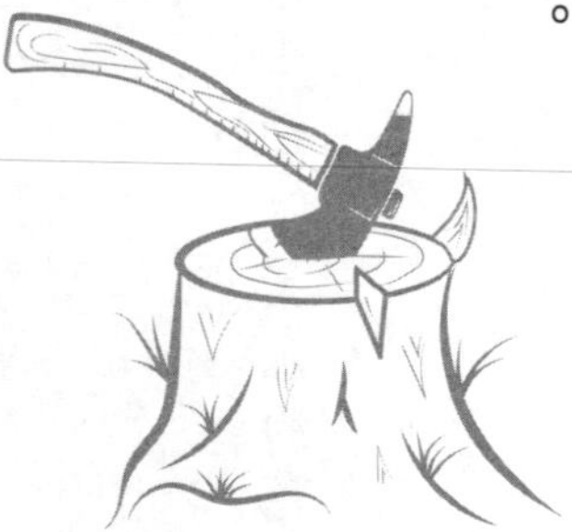

72

在我寂寥的心中我感覺到幕著霧與雨的嫠婦之黃昏的嘆息。

73

貞操是一種財富，那是充沛的愛情之產物。

74

霧像愛情一般，在山的心上遊戲，呈現著美的種種奇妙。

75

我們對世界判斷錯了，所以說他是欺騙了我們。

76

詩人的風是吹出去越海穿林來尋求他自己的歌聲的。

77

每個嬰孩的出世都帶來了上帝對人類並未失望的消息。

78

青草尋求著她陸地上的擁擠。
樹木尋求著他天空中的幽靜。

79

人常阻塞著他自己的路。

80

我的朋友，你的聲音在我心裡低迴不失，像海的喃喃聲繚繞在靜聽著的松林間。

81

黑暗中的火花是天上的繁星，但是那爆發火花的看不見的火焰是什麼呢？

82

讓生時麗似夏花，死時美如秋葉。

83

那想要做善事的人去敲著大門，那仁愛的人看見大門正開著。

84

在死之中，多數合一，在生之中，一化成多數。
當上帝死去，宗教將合而為一。

85

藝術家是「自然」的愛人，所以他是自然的奴隸，
又是自然的主人。

86

「果實啊，你離我多遠？」

「花啊，我就藏在你的心裡呢。」

87

渴望著的是在黑暗中覺得而在白天看不見的那個。

88

露水對湖沼說：「你是蓮葉下面的大水滴，我是蓮葉上面的小水滴。」

89
鋒利的劍需要鞘的庇蔭，鞘就滿足於他的魯鈍了。

90
在黑暗中「一」顯得混同，在光明裡「一」才顯出多樣來。

91
大地得青草的幫助而變成可居住之所。

92

葉的誕生與死都是旋風的急速之轉動，它的廣大的圓圈在星座間慢慢地移著。

93

權力對世界說：「你屬於我。」

世界把他俘繫在她的寶座上。

仁愛對世界說：「我屬於你。」

世界給他出入她寓所的自由。

94

霧像是大地的慾望。他遮蔽了大地哭喊著要的太陽。

95

別作聲，我的心，這許多大樹正在做禱告呢。

96

頃刻的喧鬧譏笑著永久的音樂。

97

我想到那漂浮在生與愛及死的溪流上的別的年代都被忘了，我覺到逝去的自由。

98

我靈魂的憂鬱是她的結婚面紗。這面紗等著天晚才揭去。

99

死的印記給予生的貨幣以價值；可以把生命去購買那真正的貨物。

100

雲謙卑地站在天之一隅。黎明用光彩作王冠來給他戴上。

101

塵土被侮辱，卻報以鮮花。

102

只管向前走吧，不必逗留著去採集鮮花攜帶著，因為鮮花會一路盛開著在你的前途的。

103

根是生入地裡的枝。
枝是生在空中的根。

104

那遙遠的夏之音樂，環繞著「秋天」撲翅尋求牠的舊巢。

105

不要從你的衣袋裡把功績借給你的朋友，這是侮辱他的。

106

不可名時日的接觸，像環繞老樹的蘚苔般依附著我的心。

107

回聲譏笑她的原聲去證明她是原來的聲音。

108

當幸運兒誇張著上帝的特別恩典時，上帝是慚愧的。

109

我將我自己的影子拋在我的路上，因為我有一盞沒有點燃的明燈。

110

個人加入熱鬧的群眾，去淹沒他自己的靜默之喧聲。

111

疲乏的盡頭是死，但完善的盡頭是無盡。

112

太陽只有單純的光之外衣。雲霞卻被華麗所裝飾。

113

山峰正如群兒的呼喊，高舉著手臂，想要攬捉星星。

114

行人雖擁擠，路是寂寞的，因為沒有人愛他。

115

權力自誇他的禍害，為落地的黃葉與過路的閒雲所笑。

116

今天，大地像是一個在太陽裡紡紗的婦人，她用那忘卻的語言對我低唱著一些古歌。

117

草葉值得生長在這偉大的世界上。

118

夢是一位妻子，她定要說話，
睡眠是一位丈夫，他默不作聲地忍受著。

119

黑夜吻著消逝的白日，在他的耳邊低語道：「我是死亡，是你的母親。我正給你新的誕生。」

120

黑夜啊，我感覺到你美麗，正像那被愛的少婦吹熄了她的燈時一樣。

121

我把衰敗的世界帶進我繁榮的世界裡。

122

親愛的朋友，當我傾聽濤聲時，我便感覺到你在這海灘上許多個深晚的偉大思想的平靜了。

123

飛鳥想這是善舉，如果把魚兒舉入高空。

124

夜對太陽說：「你在明月裡送給我你的情書，我把我含淚的答覆留在草上了。」

125

「偉大」生來是一個小兒；當他死時，他把他偉大的童年留給世界。

126

不是鐵鎚的敲打能奏效的，只有那水的跳舞的歌聲，能使石卵臻於完美。

127

蜜蜂吮吸花蜜，當他離開時便嗡嗡地鳴謝著。華麗的蝴蝶深信花朵欠禮，應該謝他。

128

要侃侃而談是容易的，假使你不等說出完全的真理。

129

「可能」問「不可能」說：「何處是你的寓所？」得到的回答是：「在無能者的夢裡。」

130

如果你對一切怪論深閉固拒，真理也要被關在門外了。

131

我聽見有什麼東西的颼颼聲在我憂鬱的心的後面響著——但是我看不見什麼。

132

在活動著的閒暇便是工作。
靜止的海水激動成波濤。

133

葉兒在戀愛時變成花。
花兒在崇拜時變成果。

134

地下的樹根並不因為使樹枝滿生果實而需要酬報。

135

在這風吹不息的雨夜，我看著搖曳的樹枝，想到萬有的偉大。

136

午夜的暴風雨，像一個巨人的小孩，在不合時的黑暗中醒來，便開始玩耍而喧鬧了。

137

哦，海啊，你掀起你的波濤來也追不到你的情人啊，你這孤寂的風暴之新婦。

138

「文字」對「工作」說：「我羞愧著我的空虛。」

「工作」對「文字」說：「當我一見到你，我知道我是何等的貧乏了。」

139

時間是變更的財富，但時鐘的哼著諧詩，單只是變更，並無財富可言。

140

真理穿她的衣服，發覺它實在太緊窄。在想像中，她卻轉動得舒適自如。

141

哦，路啊，當我僕僕風塵於這裡和那裡，我是討厭你的，可是現在你領導我走向各處去，我已因愛情而與你結合了。

142

讓我設想，在那群星中間，有一顆星正引導我的生命通過那黑暗的未知。

143

婦人啊，你優雅的手指接觸到了我的器物，便井然有秩像音樂般有節奏之美了。

144

一種憂傷的聲音營巢於多年的廢墟間。在夜裡，那聲音向我唱著：「我愛過你。」

145

熊熊的烈火用他延燒的火舌警告我走開。
請從埋在灰中的餘燼裡救我出來。

146

我有空中的星星，
但是，哦，卻想念我室內未點的小燈。

147

死去的文字之遺灰黏附著你。
將靜默來洗滌你的靈魂吧。

148

裂口留在生命裡，死亡的哀歌就從裂口送出來。

149

世界已在清晨打開了他光煥的心。
出來吧，我的心，用你的愛迎接他。

150

我的思想與這些閃光的葉子一起閃耀著，我的心由於陽光的接觸而唱著；我的生命因得與萬物一起飄浮進空間的蔚藍，飄浮進時間的黝黑而欣喜著。

151

上帝的大權力是寓於和風中，並不在暴風雨裡。

152

這是一場夢，一切事物都散漫著都緊壓著我。當我醒來，我將見到它們都已聚集在你那裡，那末，我便得自由了。

153

「誰來接替我的職務？」落日詢問。

「我將盡力做去，我主。」瓦燈說。

154
你摘取花瓣並未採集著花的美麗。

155
靜默將負載你的聲音，有如鳥巢支持著睡鳥。

156
「偉大」不怕與「渺小」同行。
只有中間才遠離別人。

157

黑夜暗中把花朵開放而讓白日接受謝意。

158

權力把它犧牲者的掙扎當做是忘恩。

159

當我們滿足地樂意時，我們就可以愉快地帶著我們的果實分開了。

160

雨點吻著大地，低語道：「母親啊，我們是你的有思家病的孩子，從天上回到你的懷抱了。」

161

蛛網要捕捉蒼蠅，卻假裝著捕捉露珠。

162

「愛」啊！當我來時因你手中正燃燒著的愁苦之燈我得看見你的面色，並且知道你就是「快樂」。

163

螢火對星星說：「學者說你的光將有熄滅的一天。」

星星沒有回答。

164

一隻黎明之鳥在這黃昏的薄暗中飛到我靜寂之巢來。

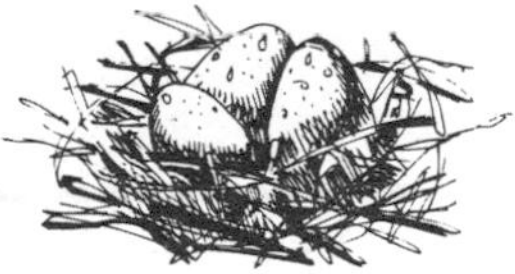

165

思想透澈我的心頭正如雁群掠過天空。
我聽見牠們的翼聲。

166

運河歡喜想著那河流是專為供給他河水而存在的。

167

世界以痛苦吻我靈魂，卻要求報以詩歌。

168

那在壓迫著我的到底是我的靈魂想要出來到空曠之處去呢，還是那世界的靈魂敲著我的心門想要進去呢？

169

思想用它自己的文字培養它自己而滋長著。

170

我把我的心之缸浸入這靜默之時間中，它已充滿著愛了。

171

不管你有沒有工作。

當你一說「讓我們做點事吧」，那時就開始在惡作劇了。

172

向日葵因承認那無名之花是她的親戚而羞愧。
太陽上升時卻對無名之花含笑地說：「我的愛人，
你好不好？」

173

「是誰像命運一樣驅遣著我？」
「是『自我』跨在我的背上。」

174 雲兒把河之水杯注滿；自己卻隱藏在遠處的山中。

175 在取水的途中，我把我水瓶裡的水潑掉了。很少水剩留下來以供家用。

176

在缸裡的水是透明的；在海中的水卻黝黑。
微小的真理有清晰的言辭；偉大的真理卻只是偉大的沉默。

177

你的微笑是你田野的花，你的談吐是你山松的蕭蕭聲，可是你的心卻是我們人人皆知的婦人。

178

是小東西，我把它留下給我親愛的人——大的東西則留給大眾。

179

婦人啊，你把你的奧妙的淚水包圍住世界的心有如海之於陸地。

180

陽光以微笑歡迎我。
雨，他的顰蹙的妹妹，對我的心談著衷曲。

181

我的白晝的花隨便地掉下它被忘的花瓣。
在晚上它長成為紀念的黃金果實。

182

我好像夜裡的路，在靜默中正傾聽著記憶的足音。

183

在我看來黃昏的天空像一個窗子，窗內點著一盞燈，裡邊正有一個人在等待著呢！

184

太忙於做好的人往往無時間去做好。

185

我是無雨的秋雲，但在黃熟的稻田裡，可以見到我的充實。

186

仇恨的殘殺的，大家讚美他們。
但上帝慚愧地趕快把這記憶隱藏到綠草底下去。

187

足趾是不回顧過去的手指。

188

黑暗趨向光明，但盲目趨向死亡。

189

被寵的小犬猜疑宇宙要設計取得牠的地位。

190

我的心啊，請安靜地坐著，不要把塵埃揚起來。
讓世界找出他到你那裡的路來。

191

弓在箭離弦前對他低語道：「你的自由是我的。」

192

婦人啊，在你的笑聲裡含有生命之泉的音樂。

193

一個充滿邏輯的心恰像一把四面都是鋒刃的刀。它會使那用它的手流出血來。

194

上帝喜歡人的燈光甚於他自己的巨星。

195
這世界是一個粗野的暴風雨的世界，那優美的音樂使牠馴服著。

196
「我的心好像你吻著的黃金寶箱。」暮雲對太陽說。

197
過分接近可能殺死；保持距離或許成功。

198

蟋蟀的唧唧聲和雨點的滴瀝聲透過黑暗來到我耳中，一如夢之沙沙聲來自我已逝的青春。

199

花對失去了所有星斗的晨空喊道：「我失去了我的露珠。」

200

燃燒的木頭一面噴射著火焰，一面喊道：「這是我的花，這是我的死。」

201

胡蜂想鄰人蜜蜂的蜂窩太小了。

鄰人卻請他造一個更小的窩。

202

堤岸對河流說：「我不能保留你的波浪，
讓我保留你的足印在我心裡吧。」

203

白晝與這小小地球的喧囂掩蓋住全宇宙的靜默。

204

歌的感覺之無限在空中，畫的感覺之無限在地上，
而詩的感覺之無限兼有空中與地上；
因為詩的文字之意義能行走，文字的音樂能飛翔。

205

太陽向「西方」落下時，他早晨的「東方」正靜悄
悄地站在他的前面。

206

讓我不要把我自己歪斜地對著我的世界，而使他反對我。

207

「讚美」來羞著我，因我暗地裡求取他。

208

在沒有事可做時讓我不做什麼只在寧靜的深處，像那風平浪靜時的海岸之黃昏。

209
少女啊，你的淳樸，像湖水的澄碧，顯示出你真實的深厚。

210
至善不會獨至。它與一切俱來。

211
上帝的右手是慈和的；但他的左手是可怕的。

212

我的黃昏來到異域的林間，說著一種我的晨星所不懂的話。

213

夜的黑暗是一隻袋，黎明的金光從袋中爆裂開來。

214

我們的願望以虹霓的彩色借給僅只煙霧般的生命。

215

上帝等待著取還他自己的花，那花由人類的手捧著作為禮物獻上去。

216

我的憂思困擾我，要問我他們自己的名字。

217

果實的職務很尊貴，花朵的職務很甜美；可是讓我的職務成為葉子的職務，謙遜地奉獻它的濃蔭吧。

218
我的心已張帆在閒風中，將駛向「任何地方」的幻影之島。

219
眾人是殘酷的；但個人是和善的。

220
把我做成你的酒杯，讓我的滿杯供獻給你，供獻給你的人。

221

暴風雨就像什麼神只為大地拒絕他愛的苦痛而叫喊著。

222

世界沒有損漏，因為死並不是破裂。

223

生命因失去的愛而更豐富。

224

朋友啊，你的偉大的心借「東方」的朝陽照耀著，
有如黎明時孤山的雪峰。

225

死的泉源使生的止水噴放。

226

我的上帝啊，那些什麼東西都有而沒有你的人，嘲
笑那些只有你而沒有東西的人呢。

227

生命的活動休息在他自己的音樂中。

228

踩踢著只會揚起塵埃來，不會從泥土上有出收穫來的。

229

我們的名字都是黑夜的海波上生出來的閃光，死時不留一點痕跡。

230
讓睜眼看著玫瑰花的人只看見針刺。

231
把鳥翼裝金，鳥便再不能翱翔在天空。

232
和我們地方同樣的蓮花開在這異域的水中，有同樣的香氣，但換著別的名字了。

233
在心的透視中距離隱約的顯得闊大。

234
月亮把她的清光照耀整個天空，黑斑卻留給她自己。

235
不要說，「這還是早晨」，並借昨天的名義將它遣去。第二次看它，像看一個沒有名字的新生嬰孩。

236

輕煙對天空，灰燼對大地，都誇說他們是火的兄弟。

237

雨點向素馨花耳語：「永遠把我留在你的心裡吧。」

素馨花嘆了一聲，「噯唷！」就掉向地面去。

238

羞怯的思想啊，請不要怕我。
我是一個詩人。

239

我心裡模糊的靜默，似乎充滿著蟋蟀的唧唧聲——
那灰色的微曦之音。

240

流星炮啊，你對星辰的侮慢將隨著你自己回到大地。

241

你引導我從我的白天熱鬧的旅程去到黃昏的孤寂。我從沉寂之夜等候這事的意義。

242

生命如渡過一重大海，我們相遇在這同一的狹船裡。死時我們同登彼岸，又向不同的世界各奔前程。

243

真理的溪流穿過錯誤之河渠而流出。

244

今天，我的心因越過那時之海的甜蜜的一點鐘而害思家病。

245

鳥的歌是從大地反響出來的晨光之回聲。

246

「是不是我不值得你來吻我呢？」晨光問杯形花。

247

小花問道：「太陽啊，我要怎樣對你歌唱與崇拜呢？」

太陽回答：「用你純潔的簡單沉默。」

248

如果人是畜生，人比畜生更壞。

249

當烏雲被光吻著時，便成天上的花朵。

250

別讓刀鋒譏笑刀柄的厚鈍。

251

夜的靜寂，像一盞深色的燈，是用銀河的光點著的。

252

環繞著生命的晴島，日日夜夜高漲著死亡的海之無窮的歌。

253

是否這座山嶺像一朵花，張開著群峰的花瓣正飲吸著日光呢？

254

把真實的意思讀錯和把他的著重點放錯便成不真實。

255

我的心，從世界的活動中去尋找你的美麗，像帆船的有風與水之優雅。

256

眼睛不拿眼力來傲人，卻以戴眼鏡來傲人。

257

我住在我的這個小世界裡，我恐懼著要將這小世界再行縮小。提拔我放進你的世界，讓我有樂於失去我一切的自由。

258

虛偽培養在權力中，永遠不能進為真實。

259
我的心，用歌的輕波，渴想撫愛這晴天的綠色世界。

260
路畔小草，愛著明星吧，於是你的夢想將在花叢中開花而實現了。

261
讓你的音樂像一把利劍，戳進喧鬧市聲的心中去。

262

讓樹顫動的葉子像嬰孩的手指般撫觸著我的心。

263

我靈魂的憂鬱是她的結婚面紗。
這面紗等著天晚才揭去。

264

這小花躺在塵土裡。
他尋覓那蝴蝶的路徑。

265

我在路的世界裡。
夜來了。請打開你的大門，你的家之世界。

266

我已唱完你白天的歌。
在晚上，讓我攜著你的明燈通過那風雨之途。

267

我不要求你走進這屋裡去。
請到我這無量的荒寂裡來吧，我的愛人。

268

死亡像出生一樣，都是屬於生命的。
走路須要提起腳來，但也須要放下腳去。

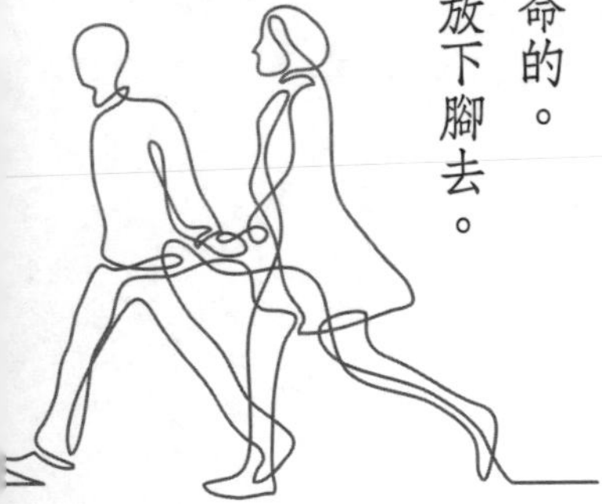

269

我已學會你在花叢中和日光下低語的單純意思——教我知道你在痛苦與死亡中的語句吧。

270

這夜之花已經過時，當清晨去吻她，她震顫而嘆息，落到地上了。

271

透過萬物的憂戚，我聽到「永恆母親」的低唱聲。

272

大地啊，我來到你的岸邊像一個生人，我住在你的屋中像一位賓客，我離開你的大門像一位知友。

273

當我去了，讓我的思想到你處來，像那落日的晚霞接連著星空的靜穆。

274

休息的黃昏，星照耀在我心中，於是讓夜色對我蜜語談愛。

275

在黑暗中，我是一個小孩。

母親，為了你我伸出兩手透過那黑夜的覆蓋。

276

白晝的工作做完了，母親，把我的臉埋在你的懷中。讓我做夢吧。

277

會面的燈已點得很久，在分手時，那燈立刻熄了。

278

世界啊！當我死了，請給我在你的靜默中保留一句話：「我已愛過了。」

279

當我們愛這世界時，我們才住在這世界裡。

280

讓死的有不朽的名，但活的要有不朽的愛。

281

我見到你，正如一個半醒的嬰孩在黎明的朦朧中看見他的母親，於是他微笑著又睡去了。

282

我將死了再死的來認識那生命是無盡的。

283

當我在路上和眾人一起走過去時，從陽臺上我看見你的微笑，於是我歌唱，於是一切的喧鬧都忘了。

284

愛是充實的生命，正如盛滿著酒的杯子一樣。

285

在他們的廟宇裡，他們點著自己的燈，他們唱著自己的歌。

可是鳥兒卻在你的晨光裡唱著你的名字——因為你的名字就是快樂。

286

引導我到你的靜默的中心吧，好讓歌聲來充滿我的心。

287

讓他們住在他們選定的爆竹喧鬧的世界。
我的上帝啊，我的心正渴望著你的星辰。

288

縈繞我的生命，愛的痛苦唱著，有如深不可測的大海，愛的歡樂唱著，有如花叢裡的小鳥。

289

把燈熄了吧，當你深切願望時。我將知道你的黑暗，我將愛它。

290

當日子完了我站在你前面，你將看到我的疤痕，明白我曾經受傷，也曾經治癒了。

291

總有一天在那裡另一個世界的旭光裡，我將對你歌唱：「從前我曾見過你，在那地球的光中，在那人類的愛裡。」

292

他日的浮雲，飄進我的生命裡，不再滴雨或報風，只為給我落日的天空染色而來。

293

真理激起反對自己的風暴來便把自己的種子廣播開了。

294

昨夜的暴風雨給今晨帶上了黃金的平靜。

295

真理似乎帶來了終極的話，但終極的話又誕生了下一條真理。

296

名望不超過真實的人是有福的。

297

當我忘卻我的名字時，你名字的甜美充滿我心中——像你霧散時的朝陽。

298

靜寂的夜有慈母的美，喧囂的畫有孩子的美。

299

當人微笑時世界愛他；當人大笑時世界便怕他了。

300

上帝期待著人從智慧裡重獲他的童年。

301

讓我覺得這世界是你的愛所形成，這樣我的愛可以助它。

302

你的陽光含笑地對著我心之冬日，永不疑惑它會開春花。

303

上帝的愛只吻著那有限的，人卻吻著無限的。

304
用多年的時日，你渡過空荒年代的沙漠達到那成就的一刻。

305
上帝的沉默使人的思想成熟為言論。

306
永恆的旅客啊，在我的歌中你將找到你的足印之形式。

307

天父啊，你顯示你的光輝在你的小孩中，讓我不要玷辱你吧。

308

這是不快樂的日子，陽光在發怒的雲下像一個受到處罰小孩在他蒼白的臉上留著淚痕，風的號叫好像一個負創的世界之呼號。但是我知道我正旅行著去會見我的「朋友」。

309

今夜，在棕櫚樹的葉叢中發生騷動，海裡掀起了波濤，「滿月」，像世界的心之跳動。在你的靜默中，你從什麼未知的天空帶來那愛的痛苦祕密。

310

我夢著一顆星——一個光明之島——我就在那裡誕生。在那有生氣的閒逸深處，我的生命將使我的工作成熟，有如秋陽下的稻田一般。

311

在雨中溼地的氣味昇起來，有如來自那渺小的群眾的偉大的無聲讚美歌。

312

那「愛往往會失敗」是我們不能當真理來接受的一種事件。

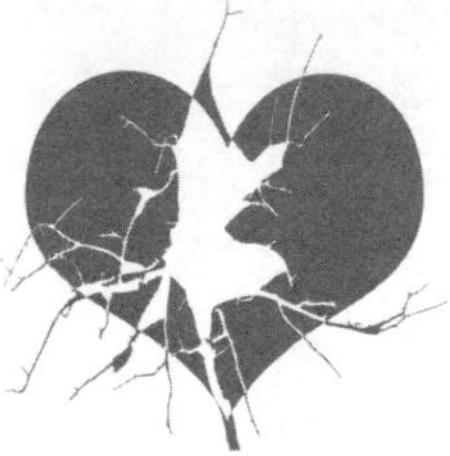

313

我們終有一天曉得，死亡永不能劫掠我們——劫掠我們靈魂所獲得的東西，因為靈魂的所獲和靈魂只是一體啊。

314

在我的黃昏的朦朧中上帝到我這裡來，他帶了我過去的花，這些花在他的花籃中仍保持得很鮮艷。

315

我主啊，當我生命的絃線全部調和時，於是你的每一撫觸都會發出愛的音樂來。

316

上帝啊，讓我真實地活著吧，這樣死亡對我就變成真實了。

317

人的歷史是正在忍耐的等待著那被侮蔑者的凱旋。

318

我覺得此刻你的眼光射在我的心上，有如清晨晴和的靜寂照射收割了的空曠田野。

319

我渴想著這波濤起伏的那「叫囂之海」彼岸的「歌之島」。

320

夜的序幕開始於落日的樂曲，這是對不可名狀之黑暗的莊重讚美詩。

321

我已攀登那成名的峰巔，發見那裡是一無遮蔽的凜冽而不毛的絕頂。導師啊，請在光線消失以前，領我走進靜寂的山谷，那裡，生命的收穫正成熟為黃金的智慧。

322

在薄暮的朦朧中，一切東西看來都像幻影——尖塔的基身消失在黑暗中，而樹頂也像是墨水的汙斑。我將等待著清晨，我將醒來看見你的城市在光之中。

323

我曾經受苦，我曾經失望，而且我懂得什麼是死，於是我很樂意於我在這偉大的世界。

324

在我的生命中有些地方是空白的是閒靜的。這些地方都是空曠之區，我忙碌的日子便在那裡得到了陽光與空氣。

325

解救我吧，我的不滿足的過去從後面緊抱著我不容我死，請來解救我吧。

326

讓這做我的最後一句話吧，「我信賴你的愛。」

譯者附註

查悉泰翁《漂鳥集》中詩，大多係直接用英文撰寫，拙譯根據單行本，其中九十八首與二六三首相同，為重複，而在《泰戈爾詩歌戲劇合集》中，已將二六三首刪去，以二六四首改作二六三首，以下各首均依現遞前，成三二五首版本，本書仍照舊本，特加說明。